VENTE

du 13 Décembre 1904

HOTEL DROUOT, SALLE N° 8

Tableaux Modernes

Paris 1904

PARIS

IMPRIMERIE C. CHAUFOUR

8-10, RUE MILTON

VENTE

HOTEL DROUOT — SALLE N° 8

Le Mardi 13 Décembre 1904

A 3 HEURES

Tableaux Modernes

AQUARELLES

Gouaches, Pastels, Dessins

PAR

Allongé, Ballavoine, Barillot, Beauquesne, Boudin, Chaigneau,
Chaplin, Charpin, Clairin, Clary, Coigniet,
Dameron, H. C. Delpy, Defaux, L. Delcus, Dural-Gozland,
Duvieu, A. Flameng, E. Gallien-Laloue, Guillemet,
Guilloux, Janniot, Japy, Le Roy, Le Poiterin, G. Luckhart,
H. Michon, Monticelli, Nardi, P. Pelletier, Plassan,
Petitjean, Pezant, G. Ribot, L. Richet, Sauzay,
Tattegrain, Tassaert, Ch. Toché, Thornley, Vaugler, G. Wintz,
A. Willette, Woutermaertens, Ed. Yon, Ziem

Mᵉ J. GUILLET	M. F. CUÉREL
Commissaire-Priseur	Peintre-Expert
34, Rue Baudin. Tél. 3o8-37	**9, Rue Eugène-Sue**

EXPOSITION PUBLIQUE

LE LUNDI 12 DÉCEMBRE 1904

DE 2 HEURES A 6 HEURES

CONDITIONS DE LA VENTE

———

Elle sera faite au comptant.

Les acquéreurs paieront 10 0/0 en sus du prix d'adjudication.

L'Exposition permettant au public de se rendre compte de la nature et de l'état des objets, il ne sera admis aucune réclamation une fois l'adjudication prononcée.

Imp. C. Chaufour, 8-10, rue Milton, Paris.

DÉSIGNATION

TABLEAUX

BARILLOT

1 — Une mare.

BEAUQUESNE

2 — Charge en fourrageurs du train.

3 — Pluie d'obus.

CALS

4 — Le Fumeur.

CHAIGNEAU

5 — Troupeau de moutons dans la forêt.

6 — Soir d'Hiver.

CHARPIN

7 — Bergère et son troupeau.

8 — Le Troupeau de moutons. Environs de Cayeux.

CLARY

9 — Dans les îles aux Andelys (Eure).

COIGNIET (J. L. P.)

10 — Chapelle Normande.

DELPY (H. C.)

11 — La Seine aux Environs de Vernon.

DEFAUX

12 — Environs de Crécy.

DUVAL-GOZLAND

13 — En Picardie.

DUVIEU

14 — En rade de Constantinople.

15 — Sur le grand canal (Venise).

16 — Vue des jardins du Roi (Venise).

ESCUDIER (E.).

17 — Allant au marché.

FLAMENG (A.).

18 — Hameau sur les côtes de Bretagne.

GUILLEMET

19 — L'Eglise de Barfleur.

GUILLOUX

20 — La Marne à Condé.

JAPY

21 — En Picardie, Crépuscule.

22 — Le Printemps. Environs d'Abbeville.

LENOIR (M.).

23 — Les bords de l'Allier.

LE ROY

24 — Le Favori.

25 — Décadence.

LE POITEVIN

26 — Dindons aux bords d'une rivière.

27 — La gardeuse de dindons.

LEYS (H.).

28 — La Musique.

LUCKHART (Georges)

29 — Retour de la moisson.

30 — L'Orage.

31 — La Rentrée du troupeau.

H. MICHON

32 — L'Oise à Farmeuse.

33 — Farmeuse (le village).

MONTICELLI

34 — Rendez-vous dans un parc.

MORANGE

35 — Panier de cerises.

NARDI

36 — Panorama de la Seine au Pont des Tour-
nelles.

PERRICHON

37 — Les Lavandières, bords de l'Yerre.

PETITJEAN

38 — St-Malo-les-Bains, près Dunkerque.

PEZANT

39 — Matinée d'avril.

40 — Pâturage en Normandie.

PLASSAN

41 — Jeune mère.

GERMAIN RIBOT

42 — Nature morte.

PICHOT

43 — Sur le port d'Alicante.

LÉON RICHET

44 — La lisière du bois.

SAUZAY

45 — Cour de ferme.

TASSAERT

46 — L'Assomption. Tableau sur cuivre.

TATTEGRAIN

47 — Environ de Cayeux.

VOGLER

48 — La rue des Saules l'hiver.

GUSTAVE WINTZ

49 — Moutons au pâturage.
5o — Le grand chêne.

E. WOUTERMAERTENS

5ı — Pâturage des Flandres.

Ed. YON

52 — Les étangs.

ZIEM

53 — Esquisse.

AQUARELLES

BOUDIN

54 — Pêcheurs.

CLAIRIN

55 — Coucher de soleil dans le désert.

CHAPLIN

56 — Jeune femme.

L. DELCUS

57 — Automne forêt de Fontainebleau.

58 — L'hiver forêt de Fontainebleau.

59 — La mare aux fées, forêt de Fontainebleau.

60 — La gorge aux loups, forêt de Fontainebleau.

JEANNIOT

61 — Le Chemin du village.

MAHELIN

62 — Un livre intéressant.

63 — La Sieste.

MOUREN

64 — Paysage.

SOMM (HENRY)

65 — Fines fleurs des fortifs.

STEIN (G.)

66 — Le Louvre.

67 — Le Trocadéro.

68 — Le vieux port (Marseille).

TOCHÉ (CHARLES)

69 — Maquette pour un plafond.

THORNLEY

70 — Le Pont Saint-Michel.

SUPPARO (A.)

71 — Rêverie.

72 — Tête de femme.

73 — A Venise.

VACCON

74 — Le Boa.

GOUACHES

GALLLIEN-LALOUE (E.)

75 — Place du Théâtre-Français par la neige.

76 — La gare de l'Est (l'hiver).

77 — Le quai du Louvre.

78 — La place du Tertre.

79 — La rue Saint-Vincent.

80 — La place du Châtelet.

81 — Panorama du Trocadéro.

PASTELS

MARQUET (L.)

82 — Vue du Trocadéro.

PELLETIER (P.)

83 — Les Fortifs.

84 — Gennevilliers.

85 — La Seine à Saint-Denis.

86 — Carrières Saint-Denis.

87 — La Barrière Clignancourt.

PASQUIER

88 — Téte de femme.

DESSINS

ALLONGÉ

89 — Dessin au fusain.

BALLAVOINE

90 — Tête de femme.

DAMERON

91 — Une Cycliste.

HEIDBRINCK

92 — Jules Roques au *Courrier Français*.

LALANNE (Maxime)

93 — Un Torrent.

RIVIÈRE (Henri)

94 — Souvenir du Chat Noir.

SCOTT (G.)

95 — Le Déjeuner.

WILLETTE (A.)

96 — « A mon Wilson chéri ».

97 — Tableaux omis.

www.ingramcontent.com/pod-product-compliance
Lightning Source LLC
LaVergne TN
LVHW010808180726
843502LV00011B/4426